시즌 2

노곤하개 ③

홍끼 글·그림

ViaBook
ViaBook Publisher

랜선집사 모두 모이개!

반려동물을 키우는 건 굉장히 힘든 일입니다.

힘들고, 힘들고, 또 힘들어요.

매일같이 산책과 청소를 하고, 배설물을 치우고, 털을 빗겨주고,

밥은 물론, 간식도 잘 챙겨줘야 하고 시간을 내서 놀아줘야 하죠.

병원비는 어찌 그리도 많이 나오는지,

항상 영수증을 받고 깜짝 놀라곤 합니다.

많은 집사들은 이 말에 공감하고 계실 거예요.

반려동물은 사람과 같이 감정을 느끼고 나타내죠.

혼자 있으면 외로워하고, 집사가 놀아주지 않는다면 서운해해요.

그래서 언제나 내버려두지 않고, 같이 놀고 쉬고 모든 걸 공유해요.

그렇지만 언제나 반려동물과 함께하고 싶은 사람들도

반려동물을 선뜻 데려오지 못합니다.

생명을 책임진다는 건 너무 무거운 일이고
기를 수 있는 환경, 가족의 동의, 경제적 여유로움 등
너무 많은 것들을 따져봐야 하기 때문이죠.

맞아요. 반려동물 키우지 마세요, 너무 힘들어요.
그렇지만 '랜선집사'가 되는 건
여러분도 할 수 있어요!
재구, 홍구 그리고 줍줍, 윤두, 매미의 랜선집사가 되어주실 분들께
이 책을 바칩니다.

2019년 2월

멍냥집사 홍끼

차례

시즌 2

프롤로그

언제나 꿈꿔왔던
신혼의 달달한 일상.

으음, 벌써
아침인가…?

우리 여보
잘 잤어요?

얼른 일어나~

알콩

달콩

이잉,
더 잘 거야.

휴우, 드디어 아침 일과가 끝났군요 여보.

땅꿍!

뽀 뽀~

왜 그렇게
쳐다보는 건데??!

구 좀
내쫓아야겠어요!

신혼부부를
방해하지 마라

튀튀

휘이 휘!
나가!

지켜보고 있개

…!

이사 온 멍멍이

멍멍이를 신혼집으로 데려오기 전.

걱정···
걱정된다아아아!!!

층간 소음
→ 훈련시켜야 함

실내 마킹
→ 이것도 훈련시켜야 함
→ 벽지 테러 대비책 마련

큰 개를 싫어할 것 같은
사람들의 시선
→ 어떡하지 모르겠다

어떡하지
도와주세여 여보.
흐어어어어어

허어엉
나도 무쩌워.

......

맞아.
남편이 나보다
모지리였지.

짜게 식음

쉬운 것부터
차근차근 해보자구요.

네…!

그러나 멍멍이들은
새 집에 온 후

단 한 번도
쉬야를 하지 않았다.

집에 들어온 이래로
처음 타는 엘리베이터.

18층

1층

띵동

내렸더니 순간 이동.

ㅎㅎㅎ ㅎㅎㅎ

휘둥그레

두리번

두리번

그리고 두 번째로 걱정하던 사람들의 시선은~

괜히 눈치

개모지상주의

시골 개 같다고
싫어할 줄 알았어요.

나도.

생각 외로
인기 스타.

이웃과 다툴지도 모른다고
노심초사했던 층간 소음 문제도

3일 1명 정도
하는 듯하다

조용~

방음 시공
괜히 알아봤다

건물의 방음이 훌륭해서인지
전혀 문제되지 않았다.

아아 세상은 평화로워…!

귀여움 is 세계 평화

멍멍이와 엘리베이터에 탈 때는 언제나
줄이 문 사이에 끼이지 않게 주의해주세요.

멍멍이가 넘어졌다?! (1)

아파트의 마룻바닥은
멍멍이들이 뛰놀기엔
너무 미끄러웠다.

재구야 괜찮아?
다리 다친 거 아니야?

놀랐개

핥

아기 밤비가 돼버린 홍구 재구

멍멍이들이 미끄러지지
않을 방법을 찾다 보니

실내견들의 고질병인
슬개골 탈구에 대해서 알게 되었다.

슬개골 탈구란 멍멍이들의
무릎관절에 위치한 슬개골이
어긋나면서 발생하는 질환인데

견종에 따라 선천적으로도 많이 발생하지만
(주로 포메라니안과 몰티즈 같은 소형 견종)

실내의 미끄러운 바닥 때문에
넘어져서 충격을 받아
자주 생기기도 한다.

카펫…!
카펫을 사야 한다…!

미끄럼 방지가 되는
러그를 까는 게 좋을 것
같아요 여보.

웅!

집 전체에 다 깔리면
이 정도…

수량 : 20
가격 :
지금 주문하세요!

히이이익!!
신혼부부에겐
너무나 위험한 가격!

노곤아개

끄아아아아
안 돼!!!!!!!!

어째서!!!!!

급하게 애견용품점에서
뭐라도 미끄러움을
완화시켜줄 만한
것들을 찾다 보니

… 오!

여보 이거 봐
풍선 신발이다!

발바닥의 미끄러움과 오염 방지를 위한
고무풍선 모양의 신발이 있었다.

29

짜잔~~~

어기적

어기적

고장 나버렸군.

…!

쿨훌럽쿨

찌릿!

쩟

쿨훕!

아… 어떡하지…?

요즘은 반려견을 위한 미끄럼 방지 매트들이 많이 나오고 있어요!

멍멍이가 넘어졌다?!
(2)

아… 어떡하지…?

또다시 폭풍 검색 중.

미끄럼 방지를 위한
발바닥 털 미용.

그리하여 발바닥 미용을 위해
동물병원으로 향했다.

오늘 밤 주인공은
나개 나 나개 나.

이상하게도
마주치는 사람들마다
홍구와 재구를 두고
투표를 하고 있다.

크흠 큼

아, 그런데 이 아이들은
미용을 할 수 없을 것 같아요.

왜죠?

자를 발바닥
털이 없어…

발바닥 털 미용은
발바닥에도 털이 길게 나는
장모종 아이들이 하는 거라
…

이미 짧은 상태에서
더 잘라봐야 큰 의미
없을 거예요.

그러면 어떻게
해야 하죠 선생님…!

우는 손님이
처음인가~요.

그… 뭐였지
발톱에 끼우는
매니큐어 같은 게
있었는데…

폭풍 검색으로 결국
찾아내고 말았다.

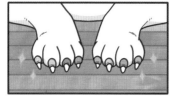

강아지 미끄럼 방지

토그립은 미끄럼 방지를 위해
강아지의 발톱에 끼워주는
기구라고 한다.

앗… 잠깐 쓰기엔
좀 비싼 것 같은데…

반려견과 함께 생활하는 건
생각보다 많은 비용을
필요로 합니다

이건 어떨까요?
실리콘 튜브를 잘라서
사용하면 된다는데
배송도 빨리 올 것
같아요!

오예!

발톱 둘레가 2센티미터라고
멍청하게도 지름 2센티미터짜리
실리콘 튜브를 주문했던 것이다.

발바닥 털을 너무 짧게 미용하는 것도
발바닥 습진의 원인이 될 수 있다고 해요.

슬개골 탈구

 증상

슬개골 탈구는 개의 양쪽 뒷다리에 있는 무릎을 덮는 뼈인 슬개골이 무릎 관절의 안쪽이나 바깥쪽으로 빠지는 상태를 말합니다. 1단계는 슬개골이 무릎관절 내에 잘 위치하고 있지만 손으로 밀었을 때 탈구될 정도로 약한 상태, 2단계는 슬개골이 스스로 빠졌다가 다시 스스로 들어가기도 하고, 손으로 밀었을 때 원래 위치로 잘 들어갈 때, 3단계는 슬개골이 항상 빠져 있지만 손으로 밀었을 때 원래 위치로 들어갈 수 있는 상태를 말합니다. 제 일 심한 4단계는 슬개골을 손으로 밀어도 제자리로 돌릴 수 없고 장기간의 탈구로 다리가 휘어 있는 상태를 말합니다.

치료 방법

1단계와 2단계의 경우, 재활 치료, 내복약과 관절 보조제를 통한 보존적인 치료 및 활차구성형술, 경골회전방지술, 슬개골 팔자인대 봉합술의 복합적인 교정 수술로 치료합니다. 슬개골 탈구가 있으면 무릎 안쪽 십자인대가 늘어나거나 끊어지기도 하므로 3단계에서는 해당 수술을 같이 하는 경 우가 있답니다. 4단계라면 다리가 휘기 때문에 수술적인 교정을 하더라도 대부분 정상적인 보행이 힘들 수 있어요. 따라서 슬개골 탈구를 진단받고 수술을 보류하고 있다면, 주기적으로 진찰받을 필요가 있답니다.

멍멍이가 넘어졌다?!
(3)

지난 화 요약.

이게 뭐시여?

토그립 사랬더니
실리콘 호스 산 멍청부부!

.....

.....

적당한 타이밍에
한숨 쉬지 마!

자, 이건
없던 일로 하고

소파 밑에 넣지 마
바부야!

......

끄흐흐흑
어떡하지!!!

그러면 컵에 물이
반이나 남았네-
전략을 써보는 게
어때요 여보?

그건 또 뭐여.

이따가 남편 오면 같이 옮겨…

아니요 괜찮습니다.

그렇게…

남편…!

왜 하필 이럴 때…!

러그를 남는 공간 없이 잘 깔고…

집에 늦게

오는 거야…!

드디어 끝!!!!!!

안 미끄럽개!!

개좋개!!

코쓱~

구들이 좋아해서 다행이야…!

그렇지만 러그도 계속 쓸 수는 없었으니…

예?

어째서요?

털과 먼지가 러그와 함께
끊임없이 뭉쳐지고

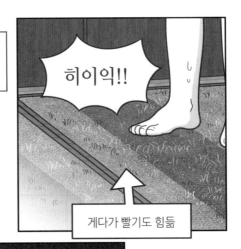

게다가 빨기도 힘듦

러그 끄트머리가
말려 올라가서

그 사이로 멍멍이들이
또 미끄러지기 시작했다.

벨크로로 고정해보려
했지만 결국 실패.

결과적으로 지금은 타일 카펫을 깔고
잘 살고 있다는 이야기.

월급아
돌아와!!!

반려견을 입양하기 전에 한번 더 생각해주세요.
생각보다 많은 시간과 노력 그리고 비용을 필요로 한답니다.

멍멍이와
경비원 아저씨

공동주택에서
큰 멍멍이를 키우는 것은

눈치가 보이지 않을 수
없는 일이다.

특히나 멍멍이로 인한
사건 사고가

원래 이사를 오면 건물을 지켜주는 경비원 아저씨들에게

먼저 좋은 눈도장을 찍어둬야 해요.

오오옷!

어휴 덥다.

많이 더우시죠?

아이고 뭘 이런 걸 다. 허허

걔들이 참 조용하고 순하네. 잘생겼다야!

안녕하세멍

산책이 끝나고
집에 돌아가던 도중

개!!!

어디 이런 데서
개를 키워!!!

여기 들어올 때
강아지 키우는 거
허락받고 들어왔는…

그건 강아지고!
개! 누가 이렇게
큰 개를 키워!!!!

이런 건 못 키우게
막아야지!!

@#$%^&!!

@#$%^&!!

......

보다 못한 경비원 아저씨가
상황을 진정시켜주셨다.

갔네요.

죄송합니다…
괜히 저 때문에
덩달아서…

아니 죄송할 게 아니지
왜 죄송해~

그래도 저렇게 개 싫어하는
사람들이 있으니까

천사

앞으로 저기 저
이삿짐 나를 때 쓰는 엘리베이터!
저거 쓰면 더 편할 거여.

아, 집에 가기
싫은데~

자꾸 집에 가자
그러고~

내가 하고 싶은 대로
할 거야~!

더빙 중.

산책도~ 내 맘대로
못하고~

다 미워~!

ㅎㅎㅎ
ㅎㅎㅎ
ㅎㅎㅎ

좋은 분들이 많아서
다행이야.

웅!

멍멍이와 함께 엘리베이터를 탈 때는 먼저 타신 분께
"같이 타도 될까요?" 하고 한번만 물어봐주세요.

불편함의 신호

멍멍이와 도시 개

멍멍이들이 도시에 와서

가장 새롭게 느낄 점이
있다면 역시…!

뚠—!

뜨용~

비슷비슷한 시골 토종개들
사이에 있다가 다양한 견종을
만나게 됐다는 것!

이사 초반에는 멍멍이들의
사회성 기르기를 위해

여러 멍멍이들과 인사하기를
시도해보았는데

이상하게 시바만 보면
분노가 치미는 재구 홍구.

중대형 견주라 한 번의 으르렁에도
더 죄송스럽다.

그렇지만 소형견들에게는
비교적 친절해지는데-!

젠장! 수컷이었나.
암컷인 줄 알았개!

내 친절함은
암컷 한정이개.

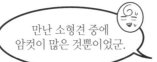
만난 소형견 중에
암컷이 많은 것뿐이었군.

쉬익 쉬익

어 뭐야
와-저렇게

암컷?

살랑살랑

안녕하개

놀개!

왈!

같이 놀개!

왈!

우와, 애들 엄청 착하네요.
애들은 암컷인가 봐요?
우리 애는 수컷인데.

…?

젠장! 중성화였나!
암컷인 줄 알았개!

아 뭐야
왜 저렇게

으르르르릉!

죄송합니다…

얘들은 암컷이랑만 놀아요

암컷이 아니라면 탈락이개.

어쩌다 암컷이랑 인사하게 되면,

젠 틀~

망망망!

지는 척도 해준다.

아이고아이고

와…
태세 변환…

그렇지만
멍멍이들에겐

암컷보다
더 좋아하는 것이
있었으니…!

어린 멍멍이일 때부터 사회성을 길러주세요.
멍멍이들에게도 친구를 만드는 건 중요한 일이랍니다.

강아지의 사회성

3~14주령은 주변의 사물, 소리, 사람, 환경에 대한
유대를 형성하는 사회화에 제일 적합한 시기입니다.
다른 사물이나 동물의 몸짓, 신호 중
어떤 것이 자신에게 안전한 것인지를 배우는 시기이지요.
따라서 3~6주령에 동거견이나 동거묘와의 사회화를,
6~14주령에는 사람과의 사회화를 거치도록 도와주세요.
이때 사회화 기회를 충분히 갖지 못하면
나중에 겁이 많고 다른 동물이나 사람과 잘 어울리지 못할 수 있습니다.
처음에는 낯선 사람을 접할 때 떨면서 불안해하거나 간식을 주어도 먹지 않고
주변을 빙빙 돌고, 같이 놀려고 하지 않을 수 있어요.
다른 강아지와의 만남보다 낯선 사람과의 만남을 더 무서워할 수도 있습니다.
강아지에게 키가 다르거나 성이 다른 사람을 접할 기회를 만들어주고,
같은 사람이어도 다양한 옷을 착용한 상태로 만난다든가 장소를 바꿔 만나게 해주세요.
이때 친구를 불러 장난감과 간식 등을 주며 서로 상호작용하게 함으로써
긍정적인 경험을 쌓도록 도와줍니다.
혹시라도 강아지가 견주와 떨어지게 되었을 때 사회화가 되지 않아 겁이 많은 강아지는
사람을 피해 도로로 질주하거나 산속으로 들어가버리지만
사회화가 잘된 강아지는 낯선 장소나 사람에 쉽게 적응하므로 견주가 찾아올 때까지
좀 더 안전하게 기다릴 수 있답니다.

도시공원의 고양이들 (1)

우리 집 근처의 공원에는 고양이가 꽤나 살기 좋은 환경이 조성되어 있어서

끊임없이 고양이와 마주칠 수 있다.

하악하악 너무 좋개.

꺼어어어어어엉 꺼어어어어엉!

이쯤 되면 고양이를 많이 만날 수 있다는 게 좋은 점인지 아닌지 모르겠다…!

고양이 냄새 킁가킁가

왠지 기분 나빠.

이번 화에서는 도시에서 만난 고양이 이야기를 한번 해보겠다.

어느 날은 풀숲 주위에서 산책을 하고 있었는데

킁킁킁

킁킁

콩...

워우씨 깜짝아!
이게 뭐개!!

찰딱!

진짜
놀랐다...

캬아악!

쒸익

쒸이익

꾸워어어어-!

나도나도 고양이
나도 만질래 나도!!

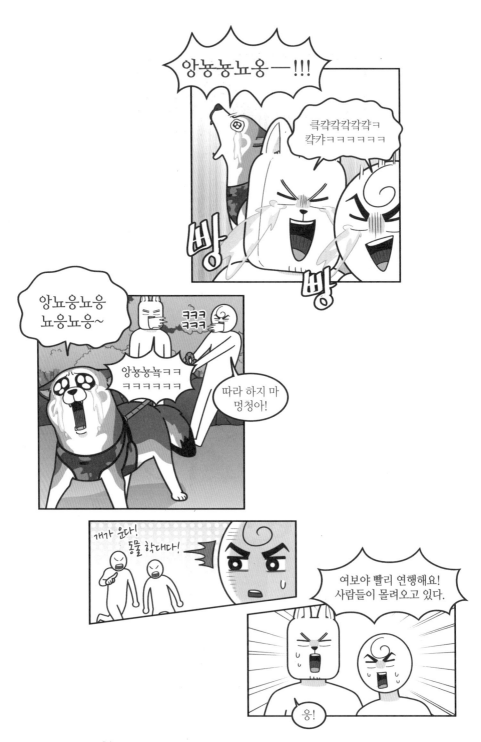

가자~!

고양이와 쥐를 보고
우는 재구 때문에
자꾸 눈치를 보게 되는 견주

그날 이후로
재구를 부를 땐

양뇽뇽뇽이래요~

양뇽뇽뇽!
양뇽뇽뇽뇽!

쒸이익

자기 놀리는 건 안다.

쒸이익,
하지 말개.

그리고 또 다른 어느 날…
평화롭게 산책하던 중

왕 큰 고양이를
만났다…!

그리고 또 한 마리의
깡패 고양이가 등장했다!

멍멍이들은 자기보다 작은 동물들 쫓는 걸 매우 좋아해요.
길고양이를 만난다면 리드줄을 꼭 잡고 조심해주세요.

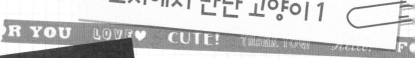

안광 발사

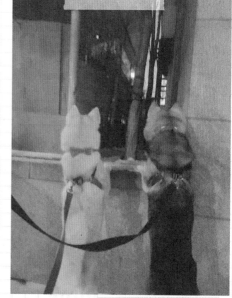

고양이를
구경하는 구들

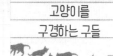

동상 위의 뚱냥이

도시공원의 고양이들
(2)

저번 화 내용.

두둥!

또 다른 깡패 고양이가
나타났다…?!

재구야 홍구야 가자!
니들 또 처맞을라.

알고 보니 우리가
가고 있던 길목에는

뽀짝
뽀짝

조그만 아기 고양이가
있었다.

엄마의 사랑이었어…
미안해 고양아!

연행

그리고 자꾸 만나는
점박이 삼형제.

콩콩콩콩

마주침!

그렇게 고양이를 피해서
집으로 돌아가던 중…

……

으아아아!
동상에 눈이!!!

아,
고양이네.

까꿍

놀래라…

아기 길고양이를 만난다면 만지지 말아주세요!
사람의 손 냄새를 맡고 어미가 아기 고양이를 피할 수도 있어요.

도시에서 만난 고양이 2

재구를 보고 화가 난 젖소냥이

고등어 냄새가 난다냥!

욘두를 닮은 아기 카오스

그리운 매미

평화로운 어느 날.

문득 이런 생각이 들었다.

여보야?

네.

너 왜 빨래 안 개?

그건 신경 쓰지 말고 와이프 말 좀 들어봐.

구들아, 내가 매미 털 모아서 가져올게!

그러던 중 제주도에 내려갔다 올 기회가 생겼다.

…!

매미 냄새 나면 좋아하지 않을까요?

막 울어버리면 어떡하지.

몰라. 여보 알아서 해.

매미 오랜만이야~

그렇게 도착한 제주도에서 매미를 만났다.

엄마 아빠한테나 인사를 해라.

그리고 오랜만의 빗질 시간.

궁둥이…!

궁둥이를 더…!

골골골골골

그렇게 매미의 털을 빗어 모아서 가방에 담아 가져왔다.

내가 왔다!

오랜만 댄스

여보오오오~

자, 구들아. 내가 뭘 가져왔게~?

뒤적

뒤적

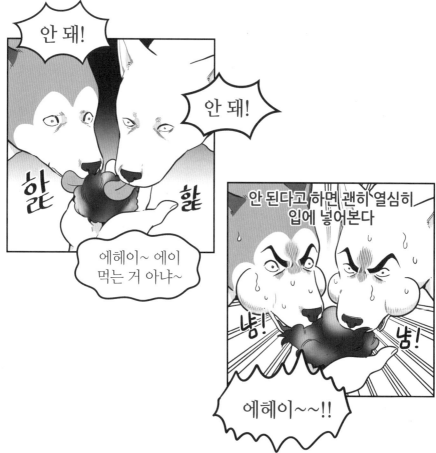

 중성화수술을 한 고양이는 살이 찌기 쉬워요!
체중 관리에 유의해주세요.

제주도 매미

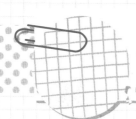

멍멍이가 없어서 편한 매미

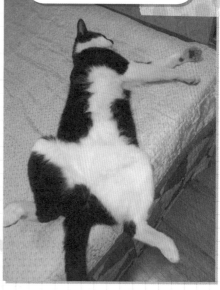

누나 왔냥?

매미의 식빵 굽기

냥줍에 대해서

멍멍이들의 고양이를 향한 집착이
날이 갈수록 깊어지자

……

고양이…
데려와야 하나?

N O

우리 재구 홍구,
고양이 동생이
필요한 건 아닐까…?
역시 어렵겠지?

구 때문이 아니고
여보가 그냥 키우고
싶은 거잖아요!

난 싫어!

근데 만약에
너무너무 아픈 고양이를
발견해버렸어!

엄마도 없어.

막 도로 한복판에
있어서 위험해!

쎄앵

으아아 너무너무
위험하다! ㅜㅜ

그럼 냥줍해서
키울 거야?

웅······

그럼 어쩔 수 없이 키워야겠죠···?

고양이 쌀쌀맞을 것 같아서 별론데

웅! 그때는 꼭 고양이 이름을 즙즙이라고 짓고 잘 키워줄 거야!

이름 이상해.

귀알못은 조용히 해!

그렇지만 냥줍을 하게 되는 일은 벌어지지 않았다.

건강한 게 최고야.

엄마와 행복하렴. 귀염뿌짝이들아!

그러던 중

유기 동물 보호소 홈페이지를
구경하게 되었는데

이렇게 어리고 이렇게 귀여운 애들이
보호소에 너무 많아요…

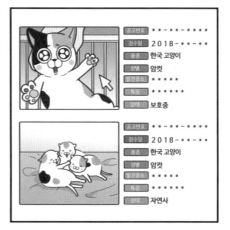

이렇게 쉽게 죽는구나…

맞아요 나도 이해해요.
함부로 데려온다고 안 할게요.

응.

그러던 어느 날 아침.

허으허으허
여보 이거 봐.

애 너무 귀엽고
애잔해…

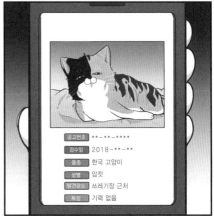

공고번호	**-**-****
접수일	2018-**-**
품종	한국 고양이
성별	암컷
발견장소	쓰레기장 근처
특징	기력 없음

어…? 어?!

막상 키운다고 생각하니
무서워졌다…!

✚ 냥줍에 대하여 알아봅시다!

냥줍 : 고양이를 줍는 행위

일반적으로 유기묘나
어미를 잃은 아기 고양이를
데려다 기르는 것을
냥줍이라고 합니다.

자아, 그럼 냥줍을
해볼까요?

앗, 마침
아기 고양이가
혼자 있다!

엄마가 없나 봐.
데려가서 키울 거야!

안 된다냥!!

주위에 어미 고양이가 있거나
몇 시간이 지난 후 다시
돌아올 가능성이 높다냥.

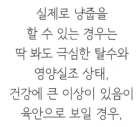

실제로 냥줍을
할 수 있는 경우는
딱 봐도 극심한 탈수와
영양실조 상태,
건강에 큰 이상이 있음이
육안으로 보일 경우,

어미를 잃은 게 분명하다!
이렇게 두다간 위험하겠는걸…?

위와 같은 사례에만 고려해
볼 수 있다는 걸 알아주라냥!

아기 고양이를 발견했다고 해서
무작정 보호소로 보내는 행위도

건강하던 아기 고양이가
보호소에서 병을 얻고
자연사하는 경우도
흔하답니다

엄마와 아기를 생이별시키는 것은 물론,
별다른 케어를 받을 수 없는
보호소에 들어간 어린 고양이들의 목숨을
위협하는 행동이라는 것도 알아두자냥.

'줍다'에도
책임이 따른다고양!

고양이를 가족으로 맞이하고 싶으시다면
유기 동물 보호소에도 관심을 가져주세요!

고양이 줌줌이

막상 키운다고 생각하니
무서워졌다…!

데려오기로 마음먹었으니
사진 한번만 다시 볼래요.

…?

왜 얘예요?

왜냐니!!!

엄청 귀엽잖아.

어딜 봐서?

아냐, 지금은 아파서 그렇지 건강해지면 엄청 예뻐질 거예요.

진짜야, 그리고 엄청 착해 보이잖아?

친해지는 데 꽤 오래 걸릴지도 몰라요.

일단 데려오기 전에 준비부터 끝냅시다!

일단은 아기 냥이가 지낼 방을 정하고

필요한 물품 준비.

캣타워

화장실

집

스크래처

그리고 멍멍이들과 분리시킬 수 있는 네트망 설치.

당분간 네트 사이로 서로 탐색하면서 경계를 풀 시간을 줘야 할 거예요.

그렇군요!

뚜

둔!

그리고 켄넬을 사서 고양이를 데리러 갔다.

여기 안아보세요!

탈수가 심하고 영양실조라서 아기가 기력이 거의 없어요. 잘 못 안겨 있을…

……!

꼬옥~

어머나.

안기자마자 계속 고로롱거려요…

골골골골골골

……

안 키운다더니?

개는 좋지만
고양이파는
아니라더니?

그리고 그들이 왔다…!

새로운 반려동물을 들일 때는 원래 있던 반려동물과
먼저 분리하는 게 정말 중요해요!

보호소에서 고양이를 입양하는 법

초록창에서
동물보호관리시스템을
검색합니다.

딸깍

검색 　동물보호관리시스템 🔍

유기동물·동물보호센터 카테고리의
보호중 동물을 클릭합니다.

유기동물·동물보호센터	동물등록
입양안내 유기동물보호센터 보호중동물 길고양이	

사지말고 입양하세요
생명을 소중히

원하는 지역과
개, 고양이 또는 기타(품종)를
선택하고 조회를 눌러요.

새로운 가족을 기다리고 있는
유기 동물들이 너무나 많죠?

가족이 될 준비가 끝났다면
자세히 보기로 들어가
보호센터 연락처에 문의해주세요.

기다리고
있을게요!

안녕!

홍구와 줍줍이
친해지기 대작전 (1)

홍구와 재구는
다른 멍멍이들처럼
주인한테 예쁨받으려는 욕구가
별로 없는 편인데

그래도 착실하게 만지러 가준다.

왜 내가 만지러 갈 수밖에 없는가.

집사의 숙명…!

쓰당

쓰당

좀 더 세게 굴려봐

껄껄

?!

스윽ㅡ

……

쟤 말고 날 먼저 만져줘.

그래서등가

홍구는 아닌 척하지만 질투가 좀 있다.

크르르르르릉

네까짓 게 뭐개!

알았개… 개무룩.

그러지 마! 줍이는 아기인 데다 아직 아프단 말이야!

살짝

엄살 작렬

줍줍이는 보호소에 들어올 당시부터 허피스를 앓고 있었다.

'고양이 감기'라고도 칭해지는 허피스는 호흡기 또는 폐 질환을 일으키는 전염성 높은 바이러스인데

기침과 콧물, 결막 출혈, 발열, 쉰 소리 등의 증상을 일으키며, 면역 체계가 제대로 형성되지 않은 아기 고양이의 경우 2차 감염의 가능성이 높아 특히 위험하다.

노곤이개

그렇게 간식을
차례로 나눠주고-

과연 홍구와 줍줍이는
친해질 수 있을 것인가…!

파지지 지직!

줍줍이 처음 온 날.

캣초딩 진화.

강아지와 고양이의 준비되지 않은 합사는 언제나
위험할 수 있어요. 합사 전에 많은 것을 알아보고
두 마리가 경계를 풀 시간을 만들어주세요.

수의사
꿀팁

고양이 허피스

고양이 허피스는 바이러스성 질환으로, 비기관지염을 흔히 유발하므로
고양이 비기관지염 바이러스라고 불리기도 합니다. 대개 접촉을 통해 감염되지만,
콧물이나 재채기할 때 생기는 매개물에 의해서도 감염이 됩니다.

잠복기

잠복기는 2~5일이며 감염 후 3주 정도까지 질병을 옮길 수 있고, 보균묘가
잠복감염(바이러스가 체내에 있지만 증상을 나타내지 않고 숨어 있음) 상태이면
평생 동안 간헐적으로 바이러스를 다른 개체에게 감염시킬 수도 있습니다.

**증상 및
진단**

허피스에 걸리면 콧물, 기침, 재채기, 결막염, 건성 각결막염,
각막궤양, 식욕 저하의 증상이 나타나는데,
임신한 고양이라면 임신 6주령에 유산을 하기도 합니다.
현재는 허피스로 진단할 수 있는 상용화된 키트가 없기 때문에
외부 실험실에 바이러스 유전자 검사를 의뢰하는 방법으로
진단을 내리는데, 결과가 나오기까지 빠르면 3일,
길게는 5~7일이 걸린답니다.

예방

허피스는 고양이 종합백신 접종으로
예방할 수 있어요. 3주 간격 총 3회 접종 후
꼭 항체 생성 여부를 확인하고,
항체가 부족하다면 추가로 접종해주는 것이
안전합니다.

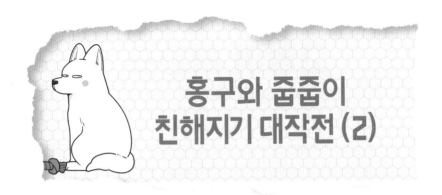

홍구와 줍줍이
친해지기 대작전 (2)

질투에 눈이 멀어버린
홍구 덕분에

친해지길
바라~

-가 시작됐다.

첫 번째, 친해지길 바라는
서로의 냄새 묻히기.

서로의 냄새를 공유하게 해
홍구와 줍이 간의
친밀도를 높인다.

고양이 품은 강아지들에게 신상 항수대요~!

진짜입니까…

그렇다고 합니다.

어미를 잃은 아기 고양이와 대리모가 만나면

대리모 고양이의 배설물을 아기 고양이 몸에 묻혀서 친근감을 느낄 수 있게 유도한대요.

……

홍구 배설물을 줍이한테 묻히겠다는 겁니까…?

그렇다.

줍이의 냥권은 어디로!!!

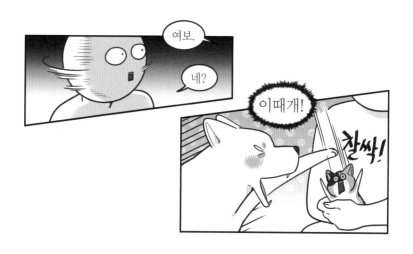

이렇게 친해지기
힘들 것 같던
줍줍이와 홍구는 의외로
쉽게 친해졌는데

무슨 일이
일어난 거냐.

이유는
점점 기운을 차린 줍줍이가
캣초딩으로 진화해버렸고

이 날을
기다렸고양.

파.괴.왕.

구.외.왕

넝겐노 화원왕
튼튼데스네

콰콰요

홍줍줍!!!
이놈 한다!!!

줍초딩의 활약으로
집 안의 피해는 엄청났지만

역시 내가
제일 귀엽개.

홍구와 줍줍이의 관계는
돈독해져버렸다.

어린 고양이는 호기심이 매우 강하니
위험할 만한 물건은 미리 치워주세요.

재구는 겁쟁이

재구는 사실
엄청난 겁쟁이다.

둘 다 쫄보지만 조금 더
쫄보인 홍구 덕분에
티가 덜 남.

오늘은 재구의
쫄보 일화에 대해서
얘기해보도록 하겠다.

노곤이개

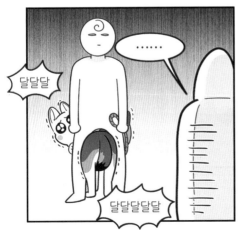

재구 덕분에
머나먼 길로 다시
돌아서 집으로 감.

노렸네…
노렸어…

산책 더 함.
개꿀!

그리고 어느 날은
아는 작가님이 놀러 왔다.

〈너를 싫어하는 방법〉
백일수 작가님

GOOD MAN

저 왔어요~

엄청나게 큰
캐리어와 함께.

뭐어어어엉어무엉머엄!!!!

어… 재구야… 나야…
이건 그냥 가방이야.

킁킁킁...

무안!

쿨럭, 킥 ㅋ
재구야 아프단다.

무안해서 심하게 반가움.

궁둥이
펀치

GOOD MAN

으악, 이 녀석!
놀라서 지렸어…!!!!

ㅈㅅ

!!!

멍멍이계의 서장훈이 간다

쫄보 재구!

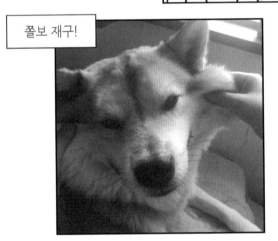

긴장하고 있는 멍멍이를 위해 하품하는 모습을 보여주세요.
멍멍이의 긴장 완화에 도움을 줄 수 있습니다.

강아지가
겁에 질렸을 때

강아지는 의사소통을 몸짓으로 합니다.

불안하거나 겁에 질리면 꼬리를 양 다리 사이에 감추고

몸을 웅크리거나 하품을 하고 입술을 혀로 훑고

눈 마주치는 것을 피하며 자신의 몸을 긁기도 하고

으르렁거리며 짖기도 합니다.

상대방이 다가서면 물려고 한다든가

견주에게 매달리려는 모습을 보이기도 합니다.

이때 의도치 않은 불수의적 생리 증상으로 침을 흘리거나

숨을 헐떡거리고 몸을 떨거나 대소변을 지리기도 하지요.

공포의 정도가 심하다면 행동학적 교정을 먼저 시도해보고,

그래도 나아지지 않으면

정신과 약물을 투약하는 의학적 도움을 받아봅니다.

약물 투약을 해야 개선되는 경우도 있고

약물 투여가 최선의 방법이 되는 경우도 있으므로

무조건 거부감을 갖는 것은 좋지 않겠지요.

가장 중요한 것은 상당한 시간이 걸릴 수 있다는 사실을 이해하는 것입니다.

때로는 전문가의 도움이 필요하므로

각각의 상황에 맞게 제공되는 솔루션을 차근차근 실천해보고,

제대로 되지 않을 때는 대체할 다른 방법이 있는지

전문가와 다시 상담해보는 것이 좋겠습니다.

실내 배변을 또
해보자! (1)

나에게는 한 달 중
극악의 고통을 맛봐야
하는 시기가 있다.

여보 괜찮아요?

생.리.기.간.

끄으으으으응

끄으으으으응

끄으으으으으으윽!!!
(죽지 못해 앓는 소리)

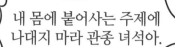

내 몸에 붙어사는 주제에
나대지 마라 관종 녀석아.

제발 그만!!!

두구두구두구둥
두구둥둥 챵챙챙

두구두구두굳구
챙챙챵챙챠애챵챙

생리 전 증후군으로 4일,
생리통으로 3일, 배란통 1일.

여보, 전
이렇게 갑니다…

쓸데없는 소리 한다
또.

버틸 만하지만 괴로움 7일,
확 뒤져버릴랑께 3일

까딱해서 컨디션이
좋지 않으면 총 10일,
한 달의 3분의 1을
앓아누워버린다.

147

후후…
개 같은 삶이군.

개 같다니
귀엽다는 건가?

자택 근무라
너무너무 다행이다.

이 기간 중 2~3일 정도는
걷지 못할 만큼의
고통이 동반되는데

허리가
펴지지 않아…!

벽을 짚고 겨우 걷는다
현기증이 나서 바닥이 움직임

그렇다. 빌어먹을 몸뚱이와
멍멍이들의 실외 배변 때문에
큰 문제가 생겨버린 것이다!

예? 산책 안 갑니까?

제발… 제발 좀
봐주라 얘들아…!!

여보, 나 출근해요…
여보…

출근 때문에 낮 산책을
도와주지 못하는 남편

구야, 누나
괴롭히지 마…

잘 갔다 와 여보…!

그렇게 몇 번 고생한 후
대책 마련에 나섰는데…!

구들아, 앉아봐.
중요한 발표가 있어.

간식 아니니까
손 주지 말아줄래.

우리
실내 배변
해볼까…?

한 달에 3일만…

낮에만…

무—시

무—시

즈에바아알!!!!

찰

딱

사실 실외 배변은 멍멍이들에게 굉장히
건강하고 좋은 습관이고 멍멍이들도
자신들의 생활공간에 배변을
하고 싶어 하지 않는다고 합니다.

그렇지만 불가피한 상황에는
어쩔 수 없으니 시도라도 해보자!

일단 화장실로 쓸 만한
장소를 고르고

흠흠, 여기다!

풀과 나뭇잎 준비.

상자로 테두리를 만들고
풀과 나뭇잎을 채워 넣는다.
배변패드도 여기저기!

그리고 배변 유도제를 준비했다!
(한두 방울을 떨어뜨리라고 쓰여 있다)

이렇게 하면
안 됩니다

에이, 한두 방울로 어떻게 해!
그냥 좀 더 부어버려!

그리고 남편이 왔다.

여보야, 나 왔…

그리고 다시 몸져눕기.

이렇게 해도 안 되는 거라면
억지로라도 나가봐야 하는 건가…!

여보 쓰러지면
어떡하려고.

끄흐흑

때마침 사건이 터져버렸다.

그래…

그래야
우리 집 멍멍이지.

기르고 있는 멍멍이가 실외 배변을 한다면
하루 네 번 산책을 해주세요! 잠깐이라도 좋아요.

실내 배변을 또 해보자! (2)

남편은 출근하고
생리통으로 고통받던 나 혼자
재구 홍구를 보고 있던 날.

산책.

산책 가개.

음, 오늘따라
약발이 괜찮군.

이 정도면
참을 만한 것 같기도
아닌 것 같기도…

자꾸 목 위에서
잔다

개자식들아…!

개자식이 맞기 때문에
데미지 0

그렇게 겨우 집으로 돌아와서

삐졌음

휴, 좀 쉬어야겠

두구두구쾅쾅
챙채채챙챙챙!!!

약을 먹고 잠들어버렸다.

약!!!

깨꼬닥

약!!!!!!

음…
홍구야?

누나 아파…

끼잉…

끼깅

끼이이잉…

그렇게 엘리베이터를 기다리는데

순간 눈앞이
캄캄해지며

주마등이
스쳐 지나갔다.

남편 뭐 해요?

어젯밤.

닭가슴살
삶아요.

내가 닭가슴살 많이 주면
애들 설사한다고 했잖아요!

입맛도
부르주아 된다고.

저렇게 잘 먹는데 어떻게 안 주니?

얘는 매정해

이미 한 번 주고 또 주는 거였어?!

아 몰라. 남편 알아서 해.

뿅 뿅.

와프는 약 먹고 잘게요.

종구...

이색기...!!

맛있는 간식도 언제나 적당함이 필요하답니다.

실내 배변을 또 해보자! (3)

망했다.

망했어…

이렇게 참을 거면 집에 싸야지.
이 바보야, 왜 굳이 참아서 그래.

쑤이잉 히이잉

집에 들어가 있어.
잠깐만.

싫개.

안 들어가개.

급하게 청소 도구를 챙겨서

CLEEN

응가를 치우기 시작.

이렇게 아픈데
또 급하니까
몸이 움직여지긴
하는구나.

치익
칙

정신력의
승리다.

그 와중에
다른 사람들이 거의 안 쓰는
엘리베이터라서
다행이다…

경비원 아저씨!
다시 한번
압도적 감사…!

벽에까지 튀어서
온갖 세제를 동원해
다 닦아냈다.

탈취제로 마무리.

차아익~

제발 냄새 빠질 때까지
아무도 쓰지 말아주세요!

거의 기어서 들어감.

허억 헉

빠아안

빠아아안

왜 뭐 또 왜…

나와서 또 싸고

나는 또 치움.

그렇게 집으로 돌아와서

그렇게 정신줄을
놓아버리기 전,

옆을 봤다.

재구는 나를 원망 섞인
눈으로 바라보며
끙아를 하고 있었다.

그랬구나···
재구도 참았구나···

그렇게 원망 섞인 눈으로
바라보지 말아줄래.

아니, 그 와중에 배변판에는
왜 안 싸는 거임.

새벽.

여보, 남편 이제 왔어.
미안해. 흐어어어이이이엉

여보, 앞으로 매달 이런 일을 겪어야 하는 걸까요…?

약을 먹어도 낫지를 않니.

자려고 누우니 아침.

닭가슴살 많이 먹이지 말라고…

다른 멍멍이들도 많이 오는 곳이잖아!

하늘이 무너져도 솟아날 구멍은 있다고 했던가.

알고 보니 신혼집 건물에 옥상정원이 있었음.

와, 뻘짓했네.

다음엔 마당 있는
집에서 살자 여보.

응, 돈 벌어 와.

......

멍멍이들은 최대 8시간 동안 소변 욕구를
참을 수 있다고 해요!

닭가슴살 급여하기

닭가슴살은 강아지 몸에 좋다고 했는데 왜 탈이 나는 걸까요?

닭고기는 강아지 음식으로 제일 많이 쓰이는 재료입니다.

개들이 아주 맛있어하기도 하고 안전한 단백질원이 되지요.

집에서 닭고기나 닭가슴살을 급여할 때는

조미료나 양파, 마늘 등을 첨가하지 않고 푹 익혀야 합니다.

닭고기의 뼈는 위, 장에 구멍을 내거나 질식의 위험이 있으므로 반드시 제거합니다.

또 지방이 많은 부위, 껍질을 먹거나 과식을 하면

위장 장애나 췌장염, 간기능 손상, 비뇨기계 결석 등이 나타날 수 있으므로

가급적 닭가슴살 부위를 적당량 급여하는 것을 추천합니다.

10킬로그램 강아지에게는 하루 약 640킬로칼로리가 필요합니다.

닭가슴살 200그램의 칼로리가 340킬로칼로리이므로 적정량의 사료를 제공하면서

닭고기를 이 정도 급여하는 것은 비만으로 가는 지름길이 됩니다.

10킬로그램의 강아지라면 하루 10~20그램,

고양이에게는 20~30그램이 바람직합니다.

매미가 여자친구를 꼬시는 방법

매미에겐 여자친구를 꼬시는
비장의 방법이 있다.

배고프다냥…

이봐 거기 너
먹을 것 좀 있냐?

…?

퐁동~

먹을 것이라면
사료가 있잖아?

사료라니?
쥐나 새 말고 다른 게
있단 말이야?

저런…
당장 나를 따라와!
내가 사는 세계를
보여주지!

부제 : 이세계의 매미

총각 그리고 4년동안.

자, 이게 바로
[사료]라는 거다.

야외용 밥그릇

[사료]-!
처음 보는
음식이야!

음…

쿵쿵

참!

말도 안 돼!
이런 맛이 있을 리가!
비리지도 않고
엄청 고소해!

나는 집에서 이런 걸
매일 먹는다고.

그렇다면 여기가 바로
[집]이라는 곳인가?

매일 이런 걸
먹는 거야?

여기가 아냐.
우리 집을 보여줄게.
따라오라고!

노근이개

여기가 내가
사는 곳이야.

이런 곳에서
살다니
말도 안 돼!

나는 이제껏
덤불 사이에 몸을
숨기거나 하는 것밖에
하지 못했는데…

내가 사는 곳에서는
평범한 일일 뿐이야.

그렇다면 매미는
[신]인 건가…?

드륵-

인간들은 나를 그렇게
생각하기도 하지.

(찬장 정도는 쉽게 연다)

(간식도 종류별로 잘 꺼낸다)

(포장도 잘 뜯는다)

자,
먹어보라고!

대ㄷ대 대대ㅐ대
대단해~!!!

삐로로로롱!

대단해! 이런 맛이 있을 줄은 꿈에도 생각 못했어!

저번에 길에서 찾은 치킨 뼈가 최고로 맛있었던 음식이었는데…

훗, 여기서 이런 건 별로 대단한 게 아니라고.

꿍냥 꿍냥냥

앗, 매미!
저 뒤에 서 있는
인간은 뭐야?

아아– 저건
[집사]라는 거다.

나에게 밥을 바치고
잠자리를 제공하고 빗질을 하고
일종의 노예라고
할 수 있지.

아아, 역시
매미는 대단…

ㅋㅋㅋ 킁

궁둥이 비트를
맞을 준비가 되었는가.

뽕!

이놈 해야
말을 잘 듣지!

어이구!! 이놈아!!
매미 이놈!!!

찰싹

찰싹

냐아아
아아아!

쿨쩍...

우리나라에서는 고양이 모시는 사람을 집사라고 부르지만
독일에서는 '캔 따개'라고 부른대요!

고양이의 발정

암컷 고양이

발정기란 암컷 고양이가 수컷을 받아들여 임신을 할 수 있는 기간을 말하고,

대개 6개월령이 되면 성 성숙에 이르므로 이르게는 4개월, 늦게는 10~12개월에

발정을 하게 됩니다. 발정은 1년에 여러 차례 올 수 있습니다.

발정기가 되면 사람이나 가구, 다른 동물에게 몸을 아주 많이 문지르며 다니고,

평상시와 다르게 좀 더 큰 울음소리를 지속적으로 내며, 집 주변이나 집 여기저기에

소변으로 표시하는 행위를 하고, 쉴 새 없이 움직이거나 앞뒤로 구르는 행동,

음식을 잘 안 먹거나 생식기를 자주 핥는 행동, 창가에 오르내리거나

집 밖으로 자꾸 나가려는 행동을 하기도 합니다.

발정기의 암컷 고양이가 임신하는 것을 원치 않으면, 중성화수술이 제일 확실하고 빠른

해결책입니다. 발정기에 수술을 하면 비발정기에 비해 출혈이 심하고

수술 후 상상임신을 할 수 있으므로 수술은 발정기가 끝나고 하는 것이 좋습니다.

수컷 고양이

수컷은 암컷 고양이와 달리 발정기가 따로 있지 않고

주변에 암컷 고양이가 있으면 성적으로 흥분하는 상태가

됩니다. 짝짓기 전의 증상들은 본능적인 것이어서

중성화수술 외에는 해결 방법이 없답니다.

강아지 운동장에
가다!

오래간만의 휴일.

여보, 우리 여기 가보자.

웅? 어딘데요?

애견 운동장…!

애견 운동장이 있는 공원이 걸어갈 수 있는 거리에 있는 것 같아요!

하하하

하하하

오…!

여보, 여기 가는 데만 30분 정도 걸어야 해요. 괜찮겠어?

왜냐면 여보는 몸이 쓰레기니까.

쓰레기.

가서 구들 놀라고 하고 좀 쉬죠 뭐!

잠시 후.

30분이란 건··· 허억 엄청··· 난 허억 착각이었어··· 허억!!

흑흑

내가 이럴 줄 알았지.

혼자 걸어가면 30분이지만 구들과 함께라면 아니라는 것을 깨달아버림.

보통 산책이라 하면 이런 상황을 생각하게 되지만

줄인 운동!

노곤이 개

그건
자유가 아니개.

자유…라면서?
철창은 왜…?

오도카니…

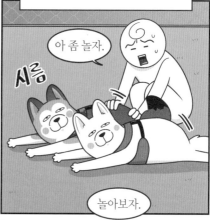

재구와 홍구는 놀랍도록
조금…도 뛰어놀지 않았다.

아 좀 놀자.

시릉

놀아보자.

그럴 줄 알고
준비했지.

슈우
욱

물어 와!

재구 홍구
나갈까?

나가자고 하니까
급 쌩쌩해진 것 좀 보소⋯

그렇게 다시
1시간 반이 넘는
거리를 걸어와

다신⋯
안 간다⋯

콩콩콩콩콩

4시간의 산책을 끝맺었다.

멍멍이들은 냄새를 맡으며 스트레스를 풀어요.
지겹더라도 조금만 기다려주세요!

멍냥이의 일상

여보가 해준 밥 마이쩡!

당근빳따지.

1. 집 안에 파리가 들어왔다.

집 안에 들어온 첫 번째 벌레!

여보··· 우리 집에 파리가 있어?!

그렇구나…
키우는 거였구나…

깨객

깽

7일이나 됐다구.
줍이 녀석 채터링 좀
들어봐.

7일이나
키웠구나…

그다음부터는
집 안에 벌레가 들어오면
줍줍이에게 보여주기 바쁘다.

줍아
벌레다~

까각

흐흥…

깩

깩!

2. 남편의 팔근육

재구가 고집을 부릴 때
옆에 남편이 있다면

남편!
연행이오!

안간다고

넹~

신혼 1주차

신혼 3개월차

없어졌어…

아니,
퇴화했다…

재구가
의젓해져서 그래.

아쉽다…

뭐?

아닙니다.

3. 부부싸움

왜 말을
그런 식으로 하는데?

언제나 사이좋은 부부도
가끔은 부부싸움을 한다.

여보는 안 그랬어?

계획대로.

귀여운 멍냥이들!

고양이들에게 파리는 맛있는 과자래요!

펫시터가 필요해!

가끔은 집사도
며칠간 집을 비워야 하는
일이 있다.

명절이라거나…

명절이라거나…

소형견의 경우에는 호텔링이 쉽지만
재구 홍구와 같은 중·대형견은
호텔링이 가능한 곳을 찾는 것마저
쉽지가 않아요.

좀 더 먼 곳이라도
찾아볼까요?

있다고 하더라도 실외 배변이니
어떤 호텔이 하루 네 번씩
실외 배변을 시켜주겠어요?

센서티브멍

좌

절

그렇구먼…

그래서 좁디좁은 인맥 풀을 뒤져
펫시터가 되어줄 사람을 찾아보게 되었다.

어디 한번
볼까…

(아싸)

추

욱

어! 이번에 회사에서
해고된 친구가 한 명 있어요!!
한번 전화해볼까?

여보세요?

너 실업급여 받는 중이라며 쉬는 거 아니었어?

실업급여 받으면서 고용센터 통해 재취업 자리 알아보고 있지~

그리고 예전에 나 실업급여 받으면서 몰래 편의점에서 아르바이트했었는데 부정 수급으로 걸렸었어…

맞아요~ 실업급여를 받는 동안 취업 신고를 하지 않거나

허위 신고를 하는 경우 모두 부정 수급에 해당하는 일이에요.

아르바이트한 날은 실업급여를 받을 수 없어요~

그랬구나…

지금처럼 단기 아르바이트라고 하더라도 꼭 고용센터에 알려야 하고요.

2018년 1월 1일부터 실업급여 부정 수급 조사관에게 특별사법경찰권이 부여되어서 실업급여 부정 수급 적발이 강화됐다고요!

역시 법무사의 아들…!

실업급여는 공돈처럼 여겨져서는 안 되고 부정 수급은 심각한 범죄니까요!

그렇게 겨우겨우
새로운 펫시터를 찾게 되었다!

명절 문제없다

멍멍이는 어딨나

남편 아는 동생
민우 씨

펫시터가 된 민우 씨에게
산책 시 주의사항 등을
알려드리고

이건 이렇게
저건 저렇게.

민우 씨
잠시만 이리로…

?

초밥 먹으러 가요.

끼얏호

훕쿱쿱큅훕.

마이쩡!

그렇게 우리는
민우 씨와 구들을 남겨두고
시댁으로 떠났다.

다녀올게요!
잘 있어 구들아!
금방 올게!

민우 씨는 구들을 봐주는
중간중간마다 까똑으로
구들의 상태를 보고해주셨는데,

민우 또
까똑 왔다.

어디 한번
봐봐요.

형 나 지금 산책 중

아 홍구

똥 치우는데 손에 다 묻음
냄새남

ㅋㅋㅋㅋㅋ

아 재구

말 안 들어서
그냥 들고 집에 옴

재구 말 안 듣는다.
재구 고양이 보고 말 안 들음

또 그냥 들고 옴

고생이네…

죄송해서 죽을 뻔했다.

으아아
민우 씨 어떡해!!!

멍청이 구야들!

그렇게 2박 3일 만에
다시 만난 민우 씨는

멍멍이 키우는 거
별거 아님

할 만했음

왠지 건강해져 있었다.

민우 씨…

무슨 일이 있었던 거죠…

재구 트레이너!

요즘은 펫시터를 인터넷 검색이나 스마트폰 앱으로 쉽게 찾을 수 있어요!

줍줍이의 복수

줍줍이는 생각했다.

언젠가 그날의 수모를
갚아줄 거라고…!

그리고 얼마 후
줍줍이에게 복수의 날이
다가온 것이다.

우리 구들 간식 줄까?
아이고 조금만 기다려~

고통이 밀려왔지만
놀라서 그런지 생각보다
참을 만했다.

줍… 줍이
네… 이놈…!

어시스트
콕이

언니 다쳤어???

10분 후.

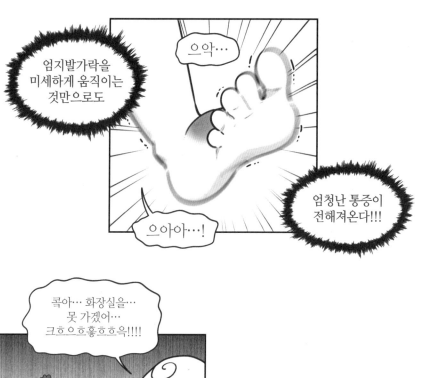

어휴~~~

어휴~~~!

키에엑

하지만 줍줍이의 복수는
끝나지 않았다.

끄어어어어 여보!
줍이가 자꾸
내 발을 공격해요.

너무
아프다

이놈! 이놈!!!
너 진짜 왜 그래!

줍줍이의 복수

성공적.

고양이가 있다면 떨어져서 깨지거나 다치게 할 만한
물건들을 고양이의 손이 닿지 않는 곳으로 옮겨주세요!

말썽쟁이 고양이

재구는 꽃개

중 · 대형견을
산책시키다 보면

이런 상황들이
많이 발생한다.

퓨~
이건 못 쓰겠네요.

깜깜해서
죽을 뻔

강아지는 입으로 체온조절을 하기 때문에
입마개를 하더라도 입을 벌릴 수 있고
간식을 먹고 물까지 마실 수 있어야 한대요.

자꾸 우리한테
왜 그러개.

비슷한 이유로
두 번째로 산
입마개도 실패.

나도 너무
괴롭다…

오옷, 여보 이거 괜찮아 보인다!
이걸로 사봐요!

세 번째로 산 입마개는
물도 간식도 먹을 수 있었지만
치명적인 문제가 있었다.

M과 L 사이즈가 있는데

M은 작아서 끼고
L은 커서 고개를 살짝만
흔들어도 빠진다.

그리고 너무 무겁다.

아령이야!!!

그리고 입마개 알아보는 걸
잠시 그만두게 되었는데,

홍구야!!!

이유는 평소와 같이
입마개를 하지 않고
산책을 다녀온 홍구가
무더위에 열사병 증상을
보였기 때문이다.

급하게 응급처치를 하고
나아졌다

부케

뾱

아, 흥줍줍 하지 마.

저리 가~

기웃

기웃

완성!!!

그리고 밖에 나가보았다.

가끔씩 마주치는 재구를 무서워하시던 아주머니.

그렇다면 궁둥이 댄스를 보여주개.

딩실

딩실

풉크크큭 크크큭크큭ㅋ

그날 재구는 처음으로 아주머니와 인사를 나눴다.

착한 개였네~ 안녕~ 또 봐~

잘 가시개

엄청난 성취감을 느꼈다.

크으으~ 효과~~ 죽이네~~

그 후로 재구는
지나가는 사람들에게
'꽃개'라고
불리기 시작했다.

꽃개다~

꽃개야~

만져봐도 돼요?

네.

이리 와~

나를 먼저 만지개.

훈훈...

으아아
너무 귀여워.

너무 착해.

관종이라
다행이야.

좁은 길에서는 줄을 당겨서
행인들에게 피해가 가지 않도록 해요!

노곤이개

꽃개 재구

꽃머리띠 했개!

예쁘게 손 했으니까 간식을 주개

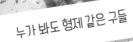

누가 봐도 형제 같은 구들

노즈워크를 해보자!

실내견이 된 멍멍이들을 위해
집 안에서 할 수 있는
놀이를 해주기로 했다.

노즈워크를
해봅시다!

그게 뭐예용?

간단히 말하자면
냄새를 맡는 행위예요!!

강아지들은 후각을 사용하면서
스트레스를 많이 해소할 수 있대요.

오~

뭐 한다고?

시중에서도 많은
노즈워크 장난감들을
팔고 있지만

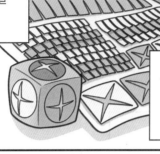

오늘은 집에 있는 재료들로
간단하게 할 수 있는
노즈워크를 알아봅시다!

들어가세요~

?

왜개?

일단은 멍멍이를
다른 방으로 보냅니다.

그리고 집에서 안 쓰는
얇은 이불을 꺼내고

재구가 깔고 자는 담요

마구마구 구겨줍니다.

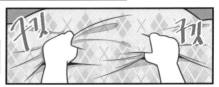

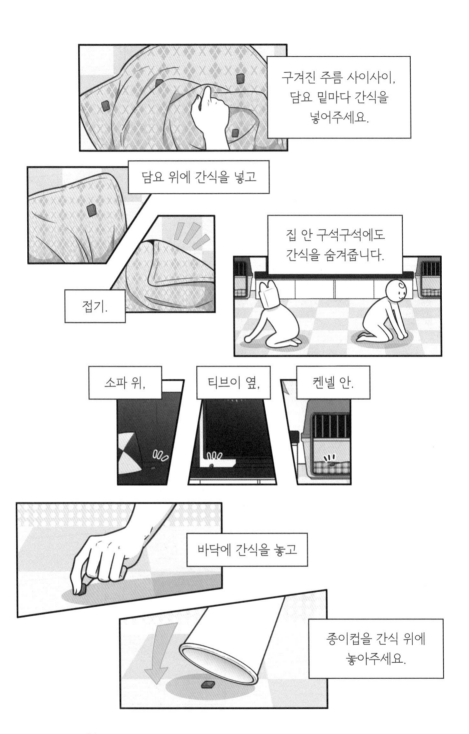

종이 위에 간식을 넣고

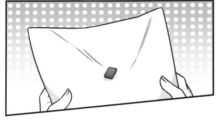

구겨서 던지기.

이제 노즈워크 놀이 준비 끝~!

벌써
힘들다.

웅.

자, 이제 나ㅇ

……

픽셀 멍멍

이미 염탐중이었개.

종이 발견!

푸르륵

푸륵

찢는 건
내 전문이개!

······

머 엉...

홍구야 너도 해 얼른!
재구가 다 먹잖아!

찾아주개.

ㅇㅇㅇ...!

홍구가 사람이었다면 이럴지도 모른다는 생각이 들었다.

놀고먹기 달견 홍구.

분리불안이 있는 멍멍이를 위해 노즈워크 놀이를 해주세요!

산책이 중요한 이유

산책하면서 노즈워크하기

반려견의
산책에 대하여

견종에 상관없이 강아지의 몸속에는 야외 활동을 추구하는 유전인자가 존재합니다.

그러나 현대의 반려견에게는 이러한 본능을 충족시킬 수 있는 기회가 드물고,

지루함을 해결하며 다양한 감각 자극을 받을 수 있는 넓은 공간 또한 부족하므로

집 밖에서 산책을 하는 것이 반려견에게 아주 중요한 활동이 됩니다.

이 밖에 산책은 배변 활동, 훈련, 운동과 정신 자극을 위해서도 필요하며,

견주와 강아지 상호 간 유대를 형성하고 강화하는 데 제일 좋은 수단이 됩니다.

예방접종이 끝나고 항체가 생겼다면 가족들과 산책할 준비가 된 것입니다.

산책에 대해 긍정적인 경험을 갖게 하려면 어릴 때 시작하는 것이 좋답니다.

산책 전 견주의 연락처가 적힌 목줄을 몸에 잘 맞도록 매어주고,

산책 시에는 냄새를 맡고 멈춰서 영역을 표시하는 활동으로

심리적인 스트레스를 해소하게 되므로 최소한 3일에 한 번,

일관성 있게 산책을 같이할 것을 추천합니다.

산책과 운동은 근육과 골격을 균형 있게 발달시키고

근 손실을 막아주는 효과가 있답니다.

노곤하개 ❸

글·그림 | 홍끼

초판 1쇄 인쇄일 2019년 2월 18일
초판 1쇄 발행일 2019년 2월 25일

발행인 | 한상준
편집 | 김민정·이지원
자문 | 한준근(분당 펫토피아동물병원 원장)
디자인 | 김경희
마케팅 | 강점원
관리 | 김혜진
종이 | 화인페이퍼
제작 | 제이오

발행처 | 비아북(ViaBook Publisher)
출판등록 | 제313-2007-218호.(2007년 11월 2일)
주소 | 서울시 마포구 월드컵북로 6길 97(연남동 567-40 2층)
전화 | 02-334-6123 팩스 | 02-334-6126 전자우편 | crm@viabook.kr
홈페이지 | viabook.kr

ⓒ 홍끼, 2019
ISBN 979-11-89426-27-9 04810